青を泳ぐ。

杉谷麻衣

新鋭短歌

青を泳ぐ。

＊

目次

空の絵を 5
夏の鋭角 21
ロド 39
色彩の散弾 59
ランドマークを越えろ歌声 60
はなと橋 62
東京アクアリウム 74
CASTER 80
指先のカシス 84
スノードーム 86

44 minutes —— 93
海の音色・雨の音いろ —— 117
解説　塩の斑紋　光森裕樹 —— 134
あとがき —— 140

空の絵を

空の絵を描けといわれて窓という窓を砕いて額縁にする

瓶の鎧　しろい絵の具はたましいを守り続けて固まっていた

爪に残る木炭ばかり気になって完成しない風の横顔

ひたむきな前にならえのかたちしてひかりの中に正門は立つ

教室に向かう廊下は今日もまた私が歩くときだけ螺旋

モノクロームの午後はノートの罫線をなぞり続ける左手がいる

ざらつきがなくて幼い波の音みなとと呼ばれる校区の海は

朝という世界から切り離されるためのグロスを一本しまう

ドアの外　名前の消えた上履きを無邪気をまとう影が蹴飛ばす

聴覚を放し飼いするひるやすみ文学少女を装いながら

黒板に班分け除算の…《あまり》1わりきれなさを書く場所がない

理科室に火を放つ夢　ちりぢりにお逃げ友情ごっこはやめて

制服のリボンを巻いて交差させサヨナラ誰ヨリキレイナワタシ

マスカラを拭き取る指で「ごめんね」のメールにまでもメイクする人

言葉ではなくてことばでしかなくて　この感情を潤ませるのは
欲望と祈りを区別できなくてどうしても曇天のパレット

保健室の南のまどからだけ見える三時間目の海が好きです

制服の下に君との夏かくし地理の時間は潮風を聴く

教科書の地層を揺らす震源はマグリットも見た空のはばたき

スカートの裾が出会った本の帯「あの夏ぼくらは向日葵だった」

晩秋のプールの水の色をした廊下に浮いている下足あと

出席簿のマス目は斜線で翳りゆく卒業までの手帳のように

銀河とか愛とか割れた鏡とか飾られるならそういうもので
肋骨のケージで飼っている月が膨らんでゆく　しゅはり、しゅはりと

脱ぎたての君のましろきゼッケンが仔猫のようで頬寄せてみる

プレアデスの蒼き炎に身を焼けば呼び覚ませるかまっさらな翅

（砂時計の檻）ただ待つことの恐ろしさ膝の下から満ちくる青を

少しずつ色を失う街角の胸に息づく信号の赤

プラネタリウムの跡地にひとり箱詰めの空の無限を忘れたくない

さよならはシンメトリーな水彩画せいいっぱいの卒業をする

夏の鋭角

まなうらを流れる星の鋭角よ　たしかにすきなひとがいた夏

つんと蹴ればラムネの瓶はとじ込めし光をあおくして撒き散らす

スズカケの葉を両翼にちりばめた三面鏡をつかまえている

計算もせずに紙幣を出すくせを笑われるときわたくしは風

あたらしい蛍光灯のまばゆさで白衣が君のことばを照らす

海近き無人の駅に降り立てば錆びたにおいがしそうな夏日

ハワイアンバーガー　夏の嘘めいたパイナップルをとどめに乗せて

深海の珊瑚のことをおもいつつ指は探せり君の背骨を

見失うものがたくさんありすぎる浜辺ひざかり影が短い

秒針を押さえるちからで息を止めまもる最後の線香花火

運転を終わらせ君が折りたたむ眼鏡の銀が西陽をはじく

風やまぬ展望台　海のあるところのみひたひたと夜は集まる

日食を待ちいる君が原っぱに立つ（鉄塔に見えなくもない）

冬生まれだから、で指のつめたさを君は語りぬまひるまの坂

許すことにとまどってした口づけの高さに風のなかのひまわり

あの遮断機まで走るんだ群青が空のすがたで追いかけてくる

まず君がグラスを空けた　あかときの湖面のような爪を揃えて

ひと筋のサイレン低く響く夜は忘れていいいと思う嘘など

ワイパーがぬぐい残した雨つよく光るね駅へ近づくほどに

切手なき手紙を置いてゆくように君の白衣の裾ひるがえる

言いかけてやめた言葉はストローの先にはじけて散るしゃぼん玉

流星のような一瞬　送信を終えて止まった画面見ている

みずうみを塗っていた筆あらうときしずかに透けてゆくきみの声

やさしさがこころを壊す日もあって日暮れのような林檎を齧る

〈ありがとう〉と〈ごめんなさい〉の水源はおなじ　どの坂から金木犀

白線から落ちれば死ぬというゲーム密かに続けています、三叉路

玄関のノブひんやりと冬の朝きみの踵にほくろはありき

やわらかく積もるしかない雪でしょう赤信号を闇にぼかして

わたしよりうつくしかったあのひとの爪のかたちで月窓にあり

この道を一夜で薄く、遠く、しろく染めるのが雪でなくて砂なら

冬のひとでしたあなたは　背景の余白をうみの色に染めても

ロド

吹き上がるさくらの白きひとひらに宙返りするきみ重ねおり

きみといるパンのにおいのする町も春　ありふれた恋かもしれず

かろうじてタンポポを避けみっしりとスクールバスが左折してゆく

図書室の前にたたんだ車椅子　みえないきみを見つけてしまう

ロドリゲス・ロドリーゲスは愛そそぐため付けられし車椅子の名

せまき道を影をかさねて歩くとき背を向けてばかりのきみの声

車椅子に手を添えゆけば感情の激しき道とおもう１７１《イナイチ》号線

飾るほどでもないけれど捨てられぬペリエの瓶に初夏は宿れり

おあずけを食らう仔犬の眼できみは車椅子《ロド》に座って信号を待つ

「はじめてのひとり暮らし」というキャッチコピーが似合うきみどりのラグ

ことばと、言葉でない祈りが混在する

千羽鶴にゆれる短冊　うす紅の花の名をもつひと誰ですか

鶴を折るときくり返す伸身の大技ふいにしてみたき指

インターハイの夢ききおれば薄紙の空を破って蟬の声降る

汗を吸うことはなきままキッチンにねじれて固き総体タオル

「空中で体をひねる瞬間、宇宙って意外と身近な存在だと思えるんだ」
ギンガーという技のあり　七夕の夜はひときわ光る雨粒

君は君であって車椅子ではない
「車椅子が通りまーす」と誘導をされて縁日ひとりになりぬ

テールライトのような視線をはね返すメタルブルーの羽根をください

傘をさす手を奪われて夕立のほのかにぬるい世界を泳ぐ

あっけらかんと「ロド」と書きたり友人はゼミ合宿の参加者欄に

車椅子《ロド》をこぐ摩擦の傷よてのひらはきっと憶えている大車輪

解のない論述試験をつづけさま終えてタルトに指を沈めぬ

混ぜあえる色を持たずに海に向きかたむく午後の陽を浴びている

いちめんの白糖らしい感覚の甦《かえ》らぬ足には夏の浜辺も

霧雨の点描せかいを埋めるまで触れておりたし掌《て》の傷あとに

創造的退行という名目で種になるまで口づけをする

どちらかが先いなくなる確かさをジンジン鳴らすようなゆうやけ

では何がしたいのだろうあれもいやこれも嫌とはたやすく言えて

人はみなかなしきmarionetteミクロンの神経《いと》断たれれば崩折れるまま

首に「ハナミズキ」と名札さげられた木にもあろうか忘れえぬ空
〝あのころ〟のフィルムにいないわれのごと千羽のなかのぎんいろ一羽

だし巻きのかたち褒めればきみはああ玉子焼き屋になりたしと笑む

「足りないということだけで満たされているんだヒトに生まれて僕ら」

性愛についてはくることがないふたりのままでまた雨の朝

触れられないもののひとつとして
怖いんだ　自由に駆けるきみがいるのがこわいんだこのアルバムに

なにひとつ争わなくて閉じてゆく冬は間違いだらけの日記

（希望）（なぐさめ）（あなたの死を望みます）

snowdropきみがすきだと触れし花　はなことばとは棘だとおもう

花の名を封じ込めたるアドレスの＠のみずたまり越ゆ

引越しの荷物崩れて行く春にしたたる虹となる千羽鶴

色彩の散弾

ランドマークを越えろ歌声

天地とは仮の約束　夏の野にそらへ飛び込む姿勢で並ぶ

自由という見えぬ鎖を手探りで解きあうことがしてみたかった

うたは氷　歌えば溶けるこの夏にいつかは君も濡れるだろうか

魂には侵入禁止の柵はないランドマークを越えろ歌声

はなと橋

北へは上がる　南へは下がる

道なりに北へ上がれば北にしかゆけぬかしこき京に暮らせり

橋多き街に生まれてぼくたちはたがいに違う海を思えり

少年が息をひそめているわけはほたるか白き哲学の道

つばさなどなき背に藤のかげ垂れてあなたはいつか風と呼ばれる

石畳を踏む自転車は惜しげなく涼しき鐘をこぼしてゆけり

宇治橋　美しく嫉妬深い橋姫が棲む

空ならば見惚れてよいか橋姫よ息継げぬほど蒼きそらなら

将軍塚展望台

差し出せるものなにひとつ持たぬ夜の眼下の街にひかるしずけさ

送り火を見た松尾橋

背の高きひとから秋になることをふいに言われぬ晩暉の橋に

日暮れの鴨川河川敷

生き延びるために忘れたこととしてたとえば笹舟のつくりかた

同志社今出川キャンパス

絵の中へ閉じ込められに行くように赤い煉瓦の風景に入る

一条戻り橋　鬼や魂とがすれ違うような

かなしみの多き橋かないくえにも手のなる音を聴くゆうまぐれ

知恩院の忘れ傘

傘もまた骨のみ残すいきものか憶えていたき日はすべて雨

五条大橋　牛若の舞に似て
「友達でいよう」はひるりと銀の刃をかわしてしまう技だあなたの

母校の小学校前には手を振る姿の銅像がある
ゆきずりの挨拶として金木犀きんもくせいと唱えて風が

北山通

北山は十二月が似合う　バス停のあなたに去年と同じマフラー

教会のならぶ通りを歩くとき風は気高き歌声である

「ごめんね」とあなたはたしかな発音でぼくの世界を歪めていった

蹴上インクライン

「春になれば」はもう半分が透けているやくそく　花のなき道をゆく

春までの距離をふたりで測るため買ってしまったスニーカーなど

北野天満宮

手をのべて祖母のあゆみに合わせゆくおさなき春の梅の香のなか

六地蔵駅前

感情線の切れめにとつ、と来し雪がしろさをなくすまでを見ており

渡月橋　振りむけば幸をなくすという

振りむかず渡っても花ちる橋はぼくらの声を奪うのだろう

なでしこよ回ることなきかざぐるま遥かなものはおまえとおもう

東京アクアリウム

深海というあざやかな水槽のなかにひとつの東京を見る

身動きを許してください水底は二十六時のネオンさえ青

息継ぎをしない彼女が電池式だったと知った火曜のメトロ

座席には等間隔の隙間　みな夏を拒んでいる　の　で　しょう　か

おとうとよもう届かない背の鰭のむこうに明滅する信号機

呼ばないで着信音のオルゴール・サイレン・開け放した冷蔵庫

ガラクタを広げて眠る部屋からも月が見えますあいたいのです

通り雨　きみは生き抜くようにしてスクランブルを斜めにわたる

手旗振る蛍光色のブルゾンに黙礼だけをささげて駅へ

「きれいだね」ガラスのむこうで繰り返す声が絶えれば崩れ去る街

東京は辞書より文字がひしめいてなぜ私にも名があるのだろう

CASTER

電飾に縛られている街路樹の隠れるカウンター席につく

またすきな色を問われてむらさきと答えればまたシャンボール・フィズ

薄色の煙を吐くひと会話から外れぬほどの横顔を見せ

ふるさとはカボスと缶詰の街で駅がひとつもないということ

CASTERはバニラの匂いヴァニラならあなたの死んだビーグルのこと

デジャビュだと浮かれてみても知っていたあなたが話すすべてのことは

思い出してくれるだろうかCASTERを冬がはじまる匂いと言えば

指先のカシス

銀鉤に掛かりしわれの指先はカシス　滴り続けるカシス

心臓の裏　翻る感情が生まれるまえの言葉を壊す

落ちぬ間に舐めて（痛みのスケールは甘さではない）指のカシスを

スノードーム

ひとり乗りリフトの軋み　うつむけば影の上のみ時は流れて

ゆびさきが凍りはじめた手袋に息をひきとる感情がある

シュプールという語は耳につめたくて見送る側の高さをおもう

色彩の重みだろうか雪面を押せばさくりと沈むてのひら

降る雪と降り終えし雪ひかれあう力のなかに手を差し入れぬ

ゴーグルをおろせば作りものめいた世界だ赤い雪、といき、肌

とうとつにバニラアイスは投げられて（それがゲームのはじまりだった）

追いかけて追いかけていたはずなのにあなたの風にまた抜かされる

わたし、今、スノードームの中にいる。輪舞が狂いはじめて吹雪

あきらめはいつも光のなかにあり　軌跡の消えた大地が染まる

あと味のあわき会話に笑みながらバニラアイスを削るひととき

こなゆきは髪を濡らさぬ雪ふいと振り向けば地に正しく落ちる

むらさきの花の名前を挙げてゆくあそびの果てのようにゆうぐれ

ああいつか振って放《ほう》って壊すだろうスノードームを冬をわたしを

44 minutes

特急は風ひらく鳥　あざやかに見つけて停まる駅名に樹を

階段をおりてゆくとき振り向けばすっかり細い空　花曇り

朽ちたときふたたび空をみるのだろう傘の置かれた駅のベンチは

「おひとりの方もどなたかつかまえて二列に並んでお待ちください」

ひといきにともる電光掲示板（まばたき）いいえあれは送り火

乗車位置に集まる人を敵／その他大勢／敵と分別している

風そして列車の呼吸　ひだりには開かない窓のある席がすき

未来からきた人びとが傘を手に白線を踏み越えてくる朝

背もたれはレバー　誰かの終点をわれの始点に変える重さよ

加速する――濡れた列車は地下駅のひかりを過去へ押しやりながら

終着はてのひらに似た高架駅みなみへ四十四分進め

特急の停まらぬ駅と駅の間のこの木々はそう、桜だったね

約束をほのめかしつつ開かれた少女のコンパクトの照り返し

死ぬという語の活用を振りまく子リュックに防犯ブザーを揺らし

ふいうちの恋歌ですかコートから去年の明日の折れた半券
ほろほろと白いはらわた晒すまで切符をほぐすきみ想いつつ

捨ててゆく景色のなかにも幾億のいぶきがあってレールは続く

なのはなの群れから抜けた一本として車掌台《C台》に車掌はなびく

右手から舟になりゆく降りそそぐ光のような音漏れのなか

遠のいていくざわめきが一色の水絵の空のようです、　四月

軟禁を解かれぬうちは空想でほのぼのあそぶしかないのです

艶めいたやけどの痕は右胸かCOMME des GARÇONS HOMMEのトレンチ

「乗り換えはいかがでしょうか午後からは桜が雨になる予報です」
降ることはまずないでしょうあのひとが折りたたみ傘連れているなら

降りてゆく恋人たちをひからせて窓にどこかの街の雨粒

列車にも待ち合わせあり準急のパネルは嬉々としてみどりいろ

すれ違う列車のかぜに窓が跳ねあまたの春の眠りをこわす

永遠に夕陽のなかにあるような長岡天神駅のふみきり

「次の駅では存在確認するための鏡を増やす工事中です」

透けるほどきれいでもないわたくしは全ての鏡に映ってしまう

あのひとのいそうな駅に抵抗もせずに引きずり込まれれば雨

深海魚の水槽のぞくときのごと窓につけたるゆびの平たさ

もうずっと会いそうな気がしていたと笑うのだろう会ってしまえば

ホームより長い二輪車収容所　きみの不在と親しんでいた

結び目の風景として高槻市駅北口の噴水のあと

あかねさす隣の席は選ばれずひっそり土のにおいを放つ

うつくしき自愛のかたち後ろから抱かれるようにニットを掛ける

日常というコラージュの一片としてありコメダ珈琲店は

誰にともなく深々と礼をして車掌はふたたび揺れるなのはな

右腕に陽は射していた　拭えない窓のむこうはいつまでも雨

見つけてはいけない色が各駅にあってくすんだ日除けをおろす

逢えぬまま人生でただ一度だけ降りた記憶のある雨の駅

花火ではなく稲光　対岸の空にふたりでみていたものは

海へ行くみずも蒸発する水もいまは列車の影うつす川

雨　きっと忘れてしまうあの木々にさくらという名があることもまた

「お客さま起きてくださいここはもう誰かの始点に変わっています」

海の音色・雨の音いろ

海の音の２７０６音階聴き解く君といる無響室

「生命よ」という詩をおもい水槽に落とすレンゲの種のふたつぶ

あふれだす無数の日々は大宮で午前八時の結び目となる

陸橋を越えずに駅にゆくほうの道　花を置く家多きみち

漆黒の絵の具ひとつで描けそうな君が桜のはなびらを吹く

イーゼルには描きはじめの夏がいる空はまだ無地テレピンの香が

ビリジャンで一時停止の白線を汚してしまいたい帰り道

やわらかな君の利き手をすり抜ける檸檬は五月のうさぎのように

みずたまの傘にひみつをたたみ込み今日は紫陽花みたいに濡れた

セレナーデを月の異名とおもいつつ買ったばかりの絵筆をほぐす

感情をことばに換えず笑むひとの奏でる曲は短調の雨

曲目をたどれば運河の街があり　君の十指のしらない午睡

仰向けで隠せるつばさの骨の間をぎんの夜風が通り抜けする
ドーナツの穴のむこうはいつも雨せかいはみんな錯覚である

傘を忘れるくらいがちょうどいい雨の午後は足音だけきこえない

君がふたつわたしが三つ黒鍵を端から押してゆくような嘘

折りかえす列車は濡れて雨つぶの数のやくそく待つ始発駅

「キンモクセイ集める君の手の中にほほえむ僕がいませんように」

肩越しに水平線を見るひとの小指に送る海難信号
うそみたいに晴れて揺らいでいる夏よ君のかげふみまだ終わらない

浴室で明かりを消せば曖昧というここちよさ雨は朝まで

ベゴニアの鉢引き寄せるもう水槽にいない金魚に水をやるため

まっさおな空を砕いたジグソーを深夜ひとりで組み立てている

寂しいと口にするたび雨がやむ世界でしょうかターナーの海

黒白を反転させたピアノなら上手に弾けたはずわたしにも

きっと君もいるこの世界が怖いから短い日記が積もる二月は

許される気がして集めた「ありがとう」に埋もれて日暮れ帰れなくなる

おもいでのなかでソナタはどこまでもどこまでも雨の音なのでした

君をのせたカンヴァスなぞる夜は知りもしない白夜の夢ばかりみる

解説　塩の斑紋

光森裕樹

水彩画を描くときに、広げた色のうえに塩をふることがある。意外なことに思われるかもしれないが、たしかな技法のひとつである。塩は結晶のまま、周囲の水分だけを吸い寄せる。その結果、絵の具の粒子は拡散し、遠い星雲のようにぼやけた白い空間を残す。絵の具が乾くすこし前に水を大胆に垂らし、バックランと呼ばれるカリフラワー状の大きな模様を作り出すことと、おおまかな現象としては同じである。

杉谷麻衣の『青を泳ぐ。』を何度か読み返している。絵を描くことに取材した歌が多いこともあり、読み返すたびにそのシャープな歌の背景に広がる、塩の残したような独自の斑紋を思った。

爪に残る木炭ばかり気になって完成しない風の横顔

学校になじめない女生徒の視点で描かれた「空の絵を」から引いた。一連からは専門的に絵を学んでいることが窺えるが、爪が木炭で汚れることがどうにも気になって、作業は進まない。クロッキーに用いる木炭は柔らかく、時には指で擦って線をぼかすこともある。爪の間に入ってしまった木炭の粉はそうそう取れるものではないが、そこには他者から見た自分の存在が過剰に意識されているのかもしれない。多感な時期特有のこころの在り方がはっきりと浮かび上がる場面を、見事に切り取っている歌だ。

しかし、一首を繰り返し読むと、描いているものが人物や静物といった具体的なものではなく、「風の横顔」という捉えどころのないものであることの意味が大きいことがわかる。絵が完成しないのは、本当に爪の汚れが気になるからだけなのだろうか。描く端から変わっていく風の絵は、たとえ真剣に取り組んでも終わることはないのだろう。その予感を背景にそっと敷くことで、一首により深い奥行きがもたらされている。

ワイパーがぬぐい残した雨つよく光るね駅へ近づくほどに

続く連作「夏の鋭角」に収められた、君が運転する車に乗った際の一首だ。フロントウィンドウに残る雨粒に焦点があてられていて、その向こうに背景として広がる世界はぼやけてしまっている。このぼやけた背景の存在が、一首の景に対しては文字通りの奥行きを、一首の雰囲気に対しては共にいるはずなのにどこか哀しい不思議な奥行きを与えている。

雨粒が背景から集める光が美しいが、その輝きの変化に意識される「駅」の存在は、ふたりの時間の終わりを感じさせる。運転している相手は、きっと雨粒ではなく駅の方を見ている。同じ空間にいるふたりの間で、前景と背景とが逆転しているわけだ。そのことに気付いているからだろう。一首は会話体のようでいて、こころのなかでそっと呟いた言葉のようにも見える。

降る雪と降り終えし雪ひかれあう力のなかに手を差し入れぬ
捨ててゆく景色のなかにも幾億のいぶきがあってレールは続く
漆黒の絵の具ひとつで描けそうな君が桜のはなびらを吹く

それぞれ異なる連作から引いた。つきだした手は、雪がさらなる雪を呼び寄せる力のなかに浮かぶ。降る雪の描く軌跡が、見えないはずの力のベクトルを感じさせる。二首目では、速度を上げて進む車窓のなかに融け合う景色に、動植物たちのたしかな息吹が粒感をもって感得されている。マーブリングの上に点描をおくような両者の組み合わせが美しい。三首目では、暗色の印象が際立つ君から、にじむような桜のはなびらが流れ、風景に溶け込んでいく。

限られた音数で成り立つ短歌は、ともすれば何を取り上げ、何を捨てるかという二択を歌人に迫る。右に上げた三首で言えば、降る雪と積もった雪がひかれあっているという認識、風景にあまたの息吹を感じること、君が漆黒の絵の具で描けそうなこと——これらが歌の眼目であろう。しかし、これらの物事がくきやかに引き立っているのは、歌の余白、すなわち背景となるものが丁寧に選ばれ、描かれているためではないだろうか。杉谷作品においては、歌の焦点におくものにどのような背景を敷くか、という発想が常にある。

時には、この〈背景〉は連作のストーリーとして世界を覆う。

例として、『青を泳ぐ。』のなかでもとりわけ強い読後感を残す「ロド」と題された一連を取り上げたい。(ただし、連作の深い部分に触れざるを得ないので、まずはご自身の目で確かめられることを強くお勧めしたい)

一連は青春性の高い、次の一首に始まる。


吹き上がるさくらの白きひとひらに宙返りするきみ重ねおり

風に舞う桜のはなびらの一片に、宙返りをする君を見ている。きっと体操選手なのだろう。はなびらの小さな存在感に強く焦点があてられることで、景色は完全にぼかされている。まるで被写界深度の浅いミニチュアの世界を覗き込むような視線は、相手を慈しむような感情を伝えてくる。しかし、この感情に複雑な背景があることを、読者はすぐに知ることになる。

図書室の前にたたんだ車椅子　みえないきみを見つけてしまう
ロドリゲス・ロドリーゲスは愛そそぐため付けられし車椅子の名

どうやら相手は、今では車椅子での生活を余儀なくされているようだ。君が図書館にいることが、そこに車椅子が置かれていることで分かってしまう。車椅子と君とが換喩のように意識のなかで深く結びついてしまっており、そのことへのほのかな罪悪感が「みつけてしまう」という表現ににじむ。二首目では君が自身の車椅子を「ロドリゲス・ロドリーゲス」と呼んでいることが分かる。ユーモアのある名づけ方が面白いが、すこしばかり解説が必要かもしれない。

体操における各種技の名前は、通常それを大会で初めて成功させた選手の名前がつけられる。体操選手にとって「ロドリゲス」と言えば、まずもってフランスの、ダニー・ロドリゲスの名を冠する吊り輪の技「ロドリゲス」（前振り上がり上向き中水平）に他ならない。おそらくは、君のあこがれの選手であり、何度も挑戦した技だったのだろう。吊り輪を摑む手と、車椅子のハンドリムを摑む手。その映像的な重なりを思うとき、ユーモアの後ろにある君の悲しみが見えてくる。体操選手としての再起は見込めないほどの怪我を背景として、「ロド」の一連は進んでいく。

「空の絵を」から「海の音色・雨の音いろ」まで、連作はさまざまな立場の主体と〈背景〉のあいだをたゆたうように線を紡いでいく。その線の重なり合うところに、杉谷麻衣だからこそ描ける一人の輪郭が立ち上がる。そこに本歌集の醍醐味がある。

すっかり乾いた水彩画から、塩を払って落とす。それはどこか、泳いだあとの乾いた体にのこる塩を、そっと手で払う感覚に似ているかもしれない。物事を成し遂げたあとの、たしかな充実感とすこしばかりの寂しさのあるこの一冊は、ゆたかな塩の斑紋をこころに残す。

青を泳ぐ。

――そして、青を泳ぎきったその先に、この一冊を長く必要としていた人がいる。

あとがき

小学生の頃、親友と通学路でひそかに楽しんでいた遊びがある。たまたますれ違った人のなかから心にとまった人をひとり選び、勝手にその人の物語をつくるという遊びだ。なぜ今ここを歩いているのか、どこへ向かっているのか、向かった先で何が待ちうけているのか……ふたりで話し出せば想像はどんどん加速して、学校までの長い道のりは、決して退屈なものではなかった。

現実に目の前にある世界に想像を重ねて、自分にしか見えない新しい世界をつくりだすこと。それは昔も今も、変わらずに私のこころをつかみ続けている。こうして生まれた世界のなかに、私の真実というものが浮かび上がっているように思うのだ。

本書は私の第一歌集です。二〇〇八年から二〇一六年にかけて作った歌を、既発表・未発表に関わらず選び、二三六首を時系列にこだわらず編集しました。既発表の歌の中には、インターネットや同人誌等において別の筆名で発表したものや、出版にあたり一部を修正したものも含まれます。

本書をお手に取ってくださって、ほんとうにありがとうございます。皆様の記憶のなかに、ひとすじでも淡い軌跡を残せるような歌があれば、これ以上幸せなことはありません。

末筆ながら、歌集を編むという初めての経験を支えてくださった書肆侃侃房の田島さん、黒木さんはじめ関係者の方々、監修をお引き受けくださった光森さん、そして短歌を通して知り合ったすべての方々に、この場をお借りして、厚く御礼申し上げます。

二〇一六年七月

杉谷麻衣

■著者略歴

杉谷 麻衣（すぎたに・まい）

1980年11月1日生まれ。
京都府京都市出身。
大阪府大阪市在住。

mai.everblue@gmail.com
Twitter : @kazanagistreet

「新鋭短歌シリーズ」ホームページ　http://www.shintanka.com/shin-ei/

新鋭短歌シリーズ30

青を泳ぐ。

二〇一六年九月十七日　第一刷発行

著　者　杉谷　麻衣
発行者　田島　安江
発行所　書肆侃侃房（しょしかんかんぼう）
〒八一〇・〇〇四一
福岡市中央区大名二・八・十八・五〇一
（システムクリエート内）
TEL：〇九二・七三五・二八〇二
FAX：〇九二・七三五・二七九二
http://www.kankanbou.com　info@kankanbou.com

監　修　光森　裕樹
装　画　櫻田　祐理
DTP　黒木　留実（書肆侃侃房）
印刷・製本　株式会社西日本新聞印刷

ISBN978-4-86385-236-5　C0092

新鋭短歌シリーズ ［第3期全12冊］

今、若い歌人たちは、どこにいるのだろう。どんな歌が詠まれているのだろう。今、実に多くの若者が現代短歌に集まっている。同人誌、学生短歌、さらにはTwitterまで短歌の場は、爆発的に広がっている。文学フリマのブースには、若者が溢れている。それればかりではない。伝統的な短歌結社も動き始めている。現代短歌は実におもしろい。表現の現在がここにある。「新鋭短歌シリーズ」は、今を詠う歌人のエッセンスを届ける。

28. 夜にあやまってくれ　　鈴木晴香

四六判／並製／144ページ　定価：本体1,700円＋税

貪欲な兎のように

何かに飼い慣らされているような不安。
でも、飼い慣らされるって、何に？　—— 江戸 雪

29. 水銀飛行　　中山俊一

四六判／並製／144ページ　定価：本体1,700円＋税

新しい白昼夢が動き出す

不安も、喜びも、悲しみも、予感も、○○も、
生まれたての子どものように睦みあう。　—— 東 直子

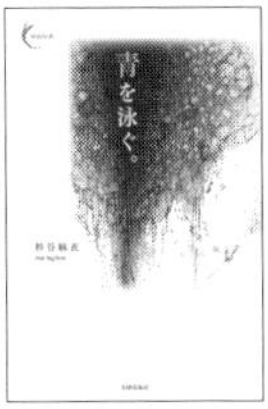

30. 青を泳ぐ。　　杉谷麻衣

四六判／並製／144ページ　定価：本体1,700円＋税

泳ぐとき、人は美しいほど一人きりだ。

深く潜りゆくシャープな歌と、誰かを求めて浮上する歌に
こころと呼吸が奪われてゆく。　—— 光森裕樹

好評既刊　●定価：本体1,700円＋税　四六判／並製／144ページ（全冊共通）

25. 永遠でないほうの火　井上法子

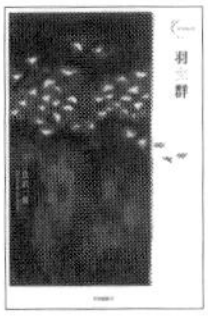

26. 羽虫群　虫武一俊

27. 瀬戸際レモン　蒼井 杏

新鋭短歌シリーズ

［第1期全12冊］
［第2期全12冊］

好評既刊　●定価：本体1700円＋税　四六判／並製（全冊共通）

1. つむじ風、ここにあります
木下龍也

2. タンジブル
鯨井可菜子

3. 提案前夜
堀合昇平

4. 八月のフルート奏者
笹井宏之

5. N R
天道なお

6. クラウン伍長
斉藤真伸

7. 春戦争
陣崎草子

8. かたすみさがし
田中ましろ

9. 声、あるいは音のような
岸原さや

10. 緑の祠
五島　諭

11. あそこ
望月裕二郎

12. やさしいぴあの
嶋田さくらこ

13. オーロラのお針子
藤本玲未

14. 硝子のボレット
田丸まひる

15. 同じ白さで雪は降りくる
中畑智江

16. サイレンと犀
岡野大嗣

17. いつも空をみて
浅羽佐和子

18. トントングラム
伊舎堂　仁

19. タルト・タタンと炭酸水
竹内　亮

20. イーハトーブの数式
大西久美子

21. それはとても速くて永い
法橋ひらく

22. Bootleg
土岐友浩

23. うずく、まる
中家菜津子

24. 惑亂
堀田季何